J'aime pas

DU MÊME AUTEUR :

Kino Frontera :

Messages aux huiles essentielles (2017@L'écrit du suD)

Un hiver en enfer (2020 – inédit)

L'Almanach de Kino – les éphémérides mal saintes (2021@BoD)

Carnet de « bored » (2021@BoD)

Kino Frontera & Foxx Murder :

Expolars (2017@L'écrit du suD)

Kino Frontera

J'AIME PAS

(Chroniques)

© 2023 Kino Frontera

Édition : BoD – Books on Demand, info@bod.fr
Impression : BoD – Books on Demand, In de Tarpen 42,
Norderstedt (Allemagne)
Impression à la demande

Illustration : Photos de couverture Kino Frontera

ISBN : 978-2-3224-6966-6
Dépôt légal : Janvier 2023

« Ceci n'est pas une citation car je ne me suis toujours pas décidé à faire semblant d'être cultivé… »

Pour *

* vous pouvez inscrire ici votre nom à l'encre bleue et ainsi faire croire que cet ouvrage vous est tout spécialement destiné.

Introduction

Ça a commencé comme une boutade, sur mon prétendu côté râleur, ronchon selon certains (des médisants), et j'ai donc écrit un premier petit texte, juste quelques lignes, que j'ai intitulé « J'aime pas » (avec la faute volontaire pour le côté oral et boudeur).

Je l'ai posté sur Facebook, comme je fais souvent, avec quelques réactions plutôt favorables. Alors j'ai recommencé le lendemain et finalement, au bout de quelques jours, j'ai arrêté ces posts en me disant que, si l'idée était intéressante, après tout, autant en faire un petit recueil.

C'est donc ce « J'aime pas » que vous avez dans les mains. 69 « J'aime pas » pour être précis.

Pourquoi 69 ?

Pour renverser la situation ?

Parce que la vérité est parfois tête-bêche ?

Ou sans raison, par un pur hasard. Qui sait ?

Je vous laisse le choix de l'explication… même si…

J'aime pas qu'on décide à ma place !

J'AIME PAS

les gens qui interviennent dans les fils de discussion et ponctuent leur commentaire d'un « bon, je sors » ou « oups, je sors » (variante) comme s''ils avaient fait une vanne absolument horrible, super provocatrice, le truc qui pourrait presque me choquer (et Dieu – Moi, donc, sait qu'il en faut pour y parvenir)... alors qu'en fait, ils ont juste sorti un truc rabâché mille fois, qui tombe à plat et qui est à peu près aussi destroy que Chantal Goya chantant « Bécassine c'est ma cousine » chez Michel Drucker (pour vous donner une idée assez précise de la chose).

C'est pas grave les gars, tout le monde n'a pas le sens de l'humour. Je sais bien que vous voudriez mais c'était seulement une option et elle n'était pas disponible chez tous les concessionnaires en neurones. Quand ça ne veut pas... ça ne veut pas.

Faut pas forcer... Et ça fera des vacances à ceux qui vous lisent (entendent)...

J'AIME PAS

les gens qui, au boulot, à n'importe quelle heure de la journée, quand ils te croisent dans les couloirs, te souhaitent « bon courage ».

Bon, déjà, à part le matin quand ils arrivent, ils n'ont rien à foutre dans les couloirs : « allez bosser, bande de feignasses ! ».

Et après « bon courage » pour quoi, exactement ?

Pour ne pas attraper la crève à cause de la climatisation ?

Pour ne pas se faire une entorse avec la souris du PC (oui, moi je reste à la souris, le pavé tactile c'est bon pour les minots qui sont nés avec un téléphone greffé dans la paume de la main) ?

Pour ne pas se cramer la main à la machine à café (franchement, avec la Nespresso, le risque est limité) ?

PUTAIN, MERDE, les mots ont un sens (d'accord, de moins en moins) ! Mais le courage ce n'est pas ça. Sinon il va falloir en distribuer des légions d'honneur à tous ceux qui arrivent à rentrer chez eux, en vie, après une journée de travail...

Je ne m'énerve pas... J'explique !!!

Vous pourriez utilement remplacer par « bonne journée », plus sobre, tout à fait adapté à la situation et nettement moins débile... quoique sans doute tout aussi hypocrite...

J'AIME PAS

les selfies avec la bouche en cul de poule...

J'en ai vraiment gallin-assez d'en voir partout...

Non, ne cherchez pas de mauvaises excuses... ce n'est pas drôle, c'est moche et puis c'est tout !

Je suis quasiment certain que si les appareils photos avaient existé en 1450 avant l'autre clown, Dieu aurait envoyé ça comme 11ème plaie d'Egypte (à la place de Dalida).

Ça a un côté « regardez bien comment je vais être moche quand je me serai fait(e) opérer par le chirurgien esthétique d'Emmanuelle Béart ».

C'est vraiment la moue grâce à laquelle toutes les filles/femmes ressemblent à José Garcia dans son incarnation télévisuelle de « Sandrine Trop Forte » (avec Richard Jouir)...

Et merci de ne pas poster de selfies adéquats en commentaire... oh et puis, faites un peu comme vous voulez !

PS : Oui, je vous rappelle qu'à l'origine ces mini-chroniques se trouvaient sur Facebook et qu'il était donc possible de les commenter.

J'AIME PAS
les annonces de la SNCF.

Plus exactement, je n'aime pas le sonorisateur de la SNCF. Le mec est vraiment une buse ; on ne voudrait même pas de lui pour sonoriser la fête de l'andouille à Vire, le concours de sumo de Sainte Féréole (en hommage au Grand Jacques – pas Brel, l'autre brêle), ni même le radio-crochet à Tulle.

On est d'accord, il y aurait sans doute beaucoup à dire sur la SNCF, ses horaires, ses trains, sa communication, ses tarifs, ses fameux sandwiches qui évoquent des silhouettes tellement éloignées de nos influenceuses à gros cul et parechocs en plastique et tellement plus proche de mes goûts (en matière féminine, pas en matière culinaire) …

Mais le pire reste les annonces dans les gares.

Les mecs font rouler un train à 320 km/h, avec des passagers à l'intérieur… et les gens arrivent à destination… ENTIERS ! Ceux qui étaient dans la voiture 4 sont dans la voiture 4, ceux de la 11 dans la onze, ils ne sont même pas décoiffés, ils ont encore leurs chaussures (sauf les sans-gênes qui se déchaussent pour voyager à l'aise et parfumer la rame).

Et d'ailleurs je profite de cette occasion qui m'est donnée pour dire que ces gens-là sont la lie (voire l'hallali) de l'humanité. N'hésitons pas à les montrer du doigt (de pied) et à les mettre à l'index (ou à l'orteil) !

Et donc, pour revenir à mon sujet, quand il s'agit de transporter un simple son d'un bout à l'autre de la gare, tout arrive en bouillie inaudible, entre grésillement, écho incontrôlé, sauts de volume dignes d'un DJ Parkinsonien. Tout le monde le sait mais personne ne dit rien. A croire que les gens essaient de le dire en parlant dans le micro de la gare et du coup, forcément, la SNCF ne comprend pas ce qu'ils disent.

Tant qu'à faire grève, la prochaine fois, faites donc une grève des annonces comme cela les gens regarderont les panneaux au lieu de demander à leur voisin : « Il a dit quoi ? Vous avez compris, vous ? C'était pour quel train ? ».

Ce qui ne sert à rien puisque le voisin n'a rien compris non plus et qu'il cherche juste à observer les mouvements de foule initiés par ceux qui ont réussi à comprendre ce qui se passait en se connectant à l'application de la SNCF. Non pas celle-ci, ça a encore changé… C'est ça, ça change tous les trois mois.

Société Nationale de Cafouillage dans les Fréquences

J'AIME PAS

les poils...

Sauf sur la tête (mais peut-être parce que je suis avantagé sur nombre d'entre vous dans ce domaine). Ce n'est pas nouveau, je n'ai jamais aimé les poils.

Ça retient les odeurs et toutes sortes d'autres choses : les miettes, la transpiration, le ... euh... non, je vais arrêter à miettes. Ça s'égare entre les draps, ça bouche les canalisations (Exagérer ? Moi ? Ça m'étonnerait beaucoup...).

Ça colle, ça fait des boulettes visqueuses (oui, je sais l'image n'est pas très jolie – mais le but c'est, quand même un peu, de vous en dégouter vous aussi), ça se retrouve n'importe où ... sur la langue... sur... ça va, c'est juste un exemple...

Et puis ça laisse de l'ADN. Ben quoi, on ne sait jamais. Parfois, on n'avait pas prévu et on se retrouve à être obligé de tuer quelqu'un et là ? Qui c'est qui est content d'avoir laissé ses poils ailleurs ? Hein ?

Pensez-y ! Non, mais je suis d'accord que ce n'est pas l'exemple le plus représentatif, ni le plus fréquent de l'avantage de l'élimination des poils... mais bon... j'aime pas les poils, voilà !

J'AIME PAS

les sites qui posent des questions idiotes du genre « je cherche un joli prénom pour ma fille (et t'as pas un calendrier ?) / il n'y a pas de ville qui commence par Z (c'est ça quand on sèche les cours de géographie) / citez un « n'importe quoi » que vous aimez… »

Passons déjà sur les innombrables fautes d'orthographe qui montrent que ce n'est pas écrit par des prix Nobel, mais plutôt par des journalistes du XXIème siècle (genre plateforme de téléphonie du journalisme).

Ça ne sert à rien, si ce n'est à montrer que vous vous faites tellement chier dans votre vie que vous répondez à des questions débiles posées par des gens que vous ne connaissez pas et qui se foutent totalement de votre réponse… mais qui sont rémunérés par le trafic que génèrent leurs posts totalement inintéressants.

Il y a une variante redoutable ce sont les sites/pages avec les phrases pour « belles personnes », citations invérifiables, niaises, dégoulinantes d'une pseudo philosophie de comptoir assaisonnée à la sauce gnangnan…

Bon allez, comme vous êtes sympas (et moi aussi) je vais vous dire à quoi servent ces sites. Ils servent à repérer les bonnes poires, les naïfs, trop gentils, ceux qui ont besoin de prêt à penser, d'être rassurés, confortés, câlinés, bercés (près du mur), caressés dans le sens du poil… bref à constituer des banques de données de personnes, au mieux influençables, au pire « piratables » … C'est bon, je vous ai fait assez peur ?

Vous allez arrêter de répondre à leurs questions et de rerouter leurs niaiseries ?

Ce n'est pas pour vous évidemment que je dis ça... c'est pour moi... parce que quand vous intervenez sur ces sites, comme je vous connais, ça apparait dans mon fil d'actualité et c'est – c'est quoi le mot déjà ? Ah oui - insupportable...

Alors, maintenant, retenez-vous !

J'AIME PAS

les pseudo-poètes qui croient qu'il suffit de convoquer sous leur plume (occulte) les « grands sentiments » et d'y déverser un tombereau de fleurs des champs en guise de fumier littéraire pour écrire de la poésie.

Ces doux naïfs qui confondent la délicatesse et la mièvrerie.

Ceux qui croient que la beauté est un petit objet charmant qu'on admire dans sa vitrine et qu'on époussette le dimanche avant d'aller réciter des bondieuseries dans un endroit climatisé à la sueur de crédules esclaves bâtisseurs.

Ceux qui ont marché du pied gauche dans le babacoolisme et depuis, ne se sont pas lavé les pieds, de peur de perdre l'inspiration, le karma (oui, parce que, quand tu as marché dessus, tu as le karma sous toi).

Ces pieds-bots de la rime,
Au vers libre s'arriment
Et faisant fi du spleen,
Nous narrent la déprime

Parce qu'il y a, hélas, une vraie cohérence : pour des sujets gnangnans… un style de fainéant.

Le vers libre était là ! Magnifique invention
Quand pour trouver la rime tu séchais comme un con.

Et encore, on a de la chance… Imaginez qu'ils déclament en s'accompagnant au djembé !

Je sais, le djembé mérite d'être un sujet à part entière… je suis bien d'accord… mais c'était tentant !

J'AIME PAS

les hirondelles.

Les hirondelles, ça n'existe pas. Ça n'existe plus. Avant, les hirondelles avaient une raison d'être, elles servaient à quelque chose. Mais aujourd'hui ?

A rien ! Elles ne serviraient à rien. Tout le monde le sait. C'est pour ça qu'elles ont disparu. C'est à cause du changement climatique et des fonds de pension. Une hirondelle ne fait pas le Printemps…

Non, maintenant le Printemps, c'est comme tout le reste. Ça appartient à Disa, un fonds d'investissement de capitaux qataris. Ouais, ben y a pas de quoi qatarire…

Voilà et comme on leur a pris leur boulot, les hirondelles ont disparu, parties ailleurs, mortes, qui sait ? Ah il est beau l'avenir…

Je fais un déni d'hirondelles…

J'AIME PAS

les topinambours.

Non, je ne parle pas du goût, ça on va y venir après, mais de la préparation. Tu as déjà essayé d'éplucher un topinambour ? Ah ben là, tu peux oublier ton économe classique. Même celui avec la tête en triangle avec sa lame fendue au milieu, qui ressemble à un Playmobil. Oublie, vraiment !

Pour éplucher un topinambour c'est minimum le rasoir 5 lames, avec la tête pivotante qui épouse le contour de la face bosselée du légume. En plus, au final, c'est le même goût que l'artichaut.

J'aime pas les artichauts ! Tu as déjà épluché un artichaut pour arriver à manger le cœur ? Non parce que les feuilles c'est juste un attrape-couillon. On te fait croire que ça se mange mais si tu ne les noies pas dans la vinaigrette, autant brouter directement dans les champs. Éplucher un artichaut c'est la version culinaire du mythe de Sisyphe... le truc qui ne finit jamais.

Tu imagines un peu si on avait choisi l'artichaut au lieu de la marguerite pour faire « *je t'aime, un peu, beaucoup, passionnément...* ». Au bout de vingt-sept fois la fille se barre sans connaître le résultat et tu restes avec ton artichaut.

J'AIME PAS

Prologue :

Berlin – Berlin (contre-la-montre)

J'aime pas quand le Tour de France ne part pas de France ! Ou alors, on fait le tour, mais on n'y entre jamais. Un tour autour de la France. On encercle la France : Italie, Suisse, Allemagne, Belgique, Angleterre (admettons…), Espagne… et on invente rapidement le vélo amphibie parce qu'il y a quand même beaucoup de côtes en France.

J'AIME PAS

Bernard Henry Lévy.

Déjà, il n'a pas le bon prénom. Il aurait dû s'appeler Daniel ou Didier.

Oh oui, Didier, comme dans le film de Chabat. Il a bien la coupe de cheveux pour s'appeler Didier. Et comme ça ses initiales auraient pris tous leur sens.

Avec DHL, la pensée arrive chez vous en 48 heures chrono !

Non, pour les délais on est sûr de nous mais par contre pour le produit… on n'y peut pas grand-chose.

L'échanger ? Contre deux barils d'Arielle. Ah non, ça non plus, ça ne va pas être possible… Désolé !

J'AIME PAS

faire de la purée Mousline.

Parce que quand je fais de la purée Mousline je suis sûr que tout le monde en reprend… Et du coup, moi, je ne peux pas en reprendre… parce que je suis poli et que je laisse les invités se servir en premier. Et il n'y en a jamais assez pour ma deuxième assiette.

Comment ça je m'en fous puisque j'aime pas la purée Mousline ?

Mais vous lisez comme vous écoutez ?

Je n'ai pas dit (écrit) que je n'aimais pas la purée Mousline, j'ai dit (écrit) « j'aime pas faire de la purée Mousline ». Oui, ben c'est pas pareil. Ça n'a même rien à voir (lire) !

Mais ça c'est typique de cette époque de merde, les gens n'écoutent pas ce que tu dis, dès que tu as commencé à parler, ils s'accrochent sur un mot et ne se concentrent plus que sur la réponse qu'ils vont pouvoir faire et ils n'écoutent pas le reste. Putain d'ego et de besoin irrépressible de dire quelque chose. Toujours, en permanence. J'aime pas les gens qui répondent aux questions que tu ne poses pas ou aux sujets que tu n'abordes pas… Après tout part en purée… Ouf, je suis retombé sur mes pattes ! Oui, ben moi, au moins, je reste dans le sujet !

J'AIME PAS

courir tout nu dans la forêt...

Enfin... je n'ai pas essayé mais je crois que je n'aimerais pas. Ça doit faire super mal aux pieds, entre les pierres, les branches et toutes les saloperies que les gens jettent quand ils font leurs rando-pique-niques.

Ouais, ou alors faudrait mettre des chaussures. Mais du coup, ce n'est plus vraiment tout nu. Et puis tout nu avec des chaussures c'est totalement ridicule. Encore que... à bien y réfléchir, est-ce plus ridicule que tout nu avec des chaussettes ?

Je suppose que ça doit dépendre des circonstances... autant que des chaussettes. La chaussette de tennis c'est nul, aussi bien tout nu qu'habillé et en toutes circonstances. C'est à l'esthétique ce que Jul est à la musique.

La chaussette noire classique qui s'arrête à mi-mollet ? Oui, bon, sous un pantalon ça passe... encore que, depuis les années 70 (et sans doute plus tard) le comble de l'élégance masculine semble être ces chaussettes noires très fines en voile que portaient des gens comme Alain Delon (regardez les photos de l'époque) et je trouvais ça horrible. Des jambes de trav (avec tout le respect que j'ai... etc... qu'est-ce qu'on peut perdre comme temps en précautions oratoires, de nos jours), avec les poils apparents.

Mais tout nu avec ça ? Non.

Et les chaussettes « rigolotes » ? Vous savez quoi ? Faites un peu comme vous voulez, tant que vous évitez les mini chaussettes noires. Parce que là, tout nu avec les mini chaussettes noires on dirait que vous êtes allé sur une plage naturiste un jour d'Amoco Cadiz.

Bref, c'est pas demain que j'irai courir tout nu dans la forêt…

J'AIME PAS

les gens qui se rasent le crâne pour faire croire qu'ils auraient des cheveux s'ils n'avaient délibérément opté pour le look aérodrome à mouche, la coupe à la Yul, bref, s'ils ne se rasaient pas la tête.

Ils me font penser à ces personnes qui votent socialistes pour faire croire qu'elles seraient de Gauche si elles avaient un cerveau…

J'AIME PAS

l'alcool.

J'aime pas le goût de l'alcool. Je lui trouve un goût de médicament et j'aime pas les médicaments.

J'aime pas le whisky. J'aime pas la bière... Enfin, j'aime pas la première... parce qu'elle est amère... et puis ça passe.

J'aime pas le vin, mais il est malin. Il se déguise en sirop. Rouge, rosé, blanc. Celui-ci, parfois, on dirait presque de l'eau avec une légère goutte de citron. Il est malin et pas en vain. Puisque je me fais avoir et que j'en bois.

J'aime pas, mais c'est comme ça... dans la vie on ne fait pas uniquement ce qu'on aime.

L'alcool c'est un peu comme ton copain d'enfance. On a changé tous les deux. Lui, il t'aime toujours, et toi, c'est moins net... Tu n'aimes pas ce qu'il est devenu. Mais c'est quand même ton pote ; alors tu le vois moins souvent. Parce que quand tu le vois, tu te laisses entrainer. Et j'aime pas me laisser entrainer à faire des choses que j'aime pas...

PS : le pastis (et surtout le Casanis) ce n'est pas de l'alcool puisque que j'aime ça... CQFD... J'aime bien les démonstrations mathématiques, rigoureuses et incontestables !

J'AIME PAS

le Do bémol.

C'est un putain d'hypocrite et de prétentieux. Tu es un Si, merde ! La dernière note de la gamme !

Pas du tout, je suis un Do, la première !

Hé mec, bémol ça veut dire abaissé. Quel foutu tordu préfère être une note rabaissée qu'une vraie note. Tu sais que tu as vraiment un problème ?

Pas du tout, je suis un Do et ce n'est pas de la prétention c'est de la théorie musicale.

Elle a bon Do la théorie !

Excusez-moi de m'immiscer dans votre conversation mais moi, je suis un Si dièse, alors est-ce qu'on pourrait aussi s'occuper de mon cas et ne pas me tourner le Do…

J'ai un à Mi qui ne veut pas rester à Si, La… Vous pourriez faire quelque chose pour lui.

C'est bon, on arrête ! Gamme over…

J'AIME PAS

acheter du jambon sous plastique.

D'ailleurs on devrait appeler ça du « jammauvais », pour bien marquer la différence. Du coup, je devrais acheter du jambon à la coupe... mais j'aime pas demander qu'on me coupe des tranches de jambon.

Ça me donne l'impression d'avoir quelqu'un qui obéit à mes ordres... et je déteste ça ! Entendons-nous bien, ça ne veut pas dire que je préfère en recevoir, des ordres... mais bon... avec le jambon... ça ne le fait pas.

Ou alors il faudrait que quelqu'un coupe des tranches à espace régulier, par exemple toutes les 5 minutes – pour que le jambon n'ait pas le temps de se dessécher, et que je puisse prendre mes tranches en passant sans avoir à les demander.

Du coup, comme c'est un peu compliqué à mettre en place, j'achète du blanc de poulet sous plastique... vu qu'il n'y a pas de préposé à la trancheuse à poulet...

Mais de toute façon, ce n'est pas la peine d'inventer une trancheuse à blanc de poulet et d'embaucher quelqu'un pour s'en servir... Je ne lui en demanderai pas...

J'AIME PAS
l'envers.

On dit que l'envers vaut l'endroit mais c'est totalement faux. D'abord il n'y a pas d'envers sans endroit alors qu'il y a plein d'endroits sans envers.

Mais aussi des endroits à Anvers pour faire des études en droit, mais pas en vers.

Des endroits en verre façon galerie des glaces.

Des endroits sans verre, où l'on boit à la bouteille.

Des endroits en vers :

« De ces lieux enchanteurs où la musique est reine

Loin des pitres chanteurs glorifiant Célimène »

L'envers est timide. Il s'abrite derrière l'endroit. Timide ? L'envers est sournois, oui ! Il n'est pas juste derrière. Il se cache, se dissimule, se tapit… D'ailleurs tu ne peux pas le trouver si tu ne trouves pas l'endroit… c'est bien une preuve !

Et l'envers du décor est un drôle d'endroit. Un peu comme l'Enfer… qui n'est pas en froid.

J'AIME PAS

les fraises Tagada…

Enfin, ce n'est pas que j'aime pas les fraises Tagada, tout le monde aime les fraises Tagada, mais c'est à cause d'un rêve que j'ai fait l'autre jour et maintenant j'ai une petite appréhension. Je vous raconte ? O.K !

Donc, ça se passait à Toulouse, Place du Capitole. Ne me demandez pas ce que je faisais là-bas, c'était un rêve, je ne sais même si j'y étais arrivé en train ou en voiture ; mais bon, il y avait une estrade, un orchestre et une sorte de Jean Pierre FauxCul local qui tenait un micro et, à un moment, il a prononcé cette phrase : « Est-ce que vous aimez les fraises Tagada ? »

Mais avec un écho de malade, le truc à faire pleurer de jalousie tous les groupes psychés du coin… Et du coup ça faisait « fraises Tagada, Tagada, Tagada… ». Et à ce moment-là Joe Dassin a ressuscité, direct, sur la scène, devant l'orchestre et il m'a regardé en face, droit dans les yeux, enfin, au moins dans un œil et il a commencé à chanter, encadré par des oies (sans doute à cause du Capitole – tu sais, dans les rêves… la géographie… c'est parfois aléatoire) « les Dalton ».

Ben oui, mais quand tu ne t'y attends pas ça fait un peu peur quand même !

Les gens avaient l'air de trouver ça normal et après il a voulu enchainer sur une autre chanson et c'est là que ça a merdé…

« Tous les matins il achetait sa petite chocolatine,

La boulangère lui souriait, il ne la regardait pas »

Et c'est là que j'ai compris deux choses :

La première c'est qu'on ne dit pas chocolatine, parce que ça ne rime pas.

Et la deuxième c'est que les Toulousains aiment tellement la poésie que, du coup, ils rajoutent « con » à la fin de chaque phrase… pour la rime !

« Tous les matins il achetait sa petite chocolatine, con

La boulangère lui souriait, il ne la regardait pas, con »

C'est des poètes, con !

Non pardon : c'est des poètes – plus loin – con !

J'AIME PAS

et c'est d'ailleurs en été que c'est le plus pénible, mais pas, contrairement à ce que l'on pourrait croire, naïvement, le matin, quand on n'est pas encore bien réveillé, que le café est encore dans sa boîte ou, au réfrigérateur pour certains ; je sais que cela se fait, il parait que c'est pour conserver l'arôme même si je crois qu'il suffit de bien refermer la boîte ; et que tu as encore la tête dans le cul, dans le cendrier et dans la dernière boisson alcoolisée qui était encore vivante à quatre heures du mat et que tu te dis que c'est pas la bonne heure pour ça, mais en fait, non, c'est plutôt vers midi voire quatorze heures à cause de l'horaire d'été et du décalage d'une heure qu'on a déjà en temps normal, quand le soleil est au Zénith ou plus exactement au Palais des Sports puisqu'à Marseille on n'a pas droit à l'appellation Zénith, même si en soirée ce n'est pas non plus, très agréable avec la fatigue qui s'est accumulée, toutes les conneries qu'on a pu te raconter depuis le matin, tous les imbéciles que tu as croisé, toutes ces choses inutiles mais inévitables qui sont le lot d'une journée normale, que tu sois blond, brun, grand, petit, jeune, vieux, homme, femme, raton laveur, brosse à dents (liste non exhaustive n'étant très au fait des dernières orientations sexuelles connues) et que donc, parce qu'il va quand même falloir le dire, j'aime pas... les phrases trop longues...

PS : Donc, vous l'avez compris, j'écris à Marseille et à Marseille on a souvent quelques soucis avec les normes ; c'est pour cela que nous avons une salle qui n'a pas eu droit à l'appellation Zénith et donc c'est le Palais des Sports.

J'AIME PAS

les gens qui disent « et xxxx on en parle ? »

Ben non, on n'en parle pas. Pourquoi on en parlerait, d'abord ? Parce que tu n'as rien à dire sur le sujet dont on parle mais que tu veux quand même la ramener et faire ton intéressant ?

C'est quoi ce truc de vouloir toujours prendre la parole, systématiquement pour montrer qu'on connait un truc ?

Bon d'accord, ce n'est pas le sujet évoqué, mais ça ne fait rien, faut quand même que tu ouvres ta grande gueule.

Tu sais quoi, si tu veux parler d'un truc, tu en parles, mais sans venir te mettre au milieu d'une discussion qui parle d'autre chose ! C'est vrai quoi, merde !

Mais après, évidemment si tu commences à parler de quelque chose et que ça n'intéresse personne... ça risque de tourner court... à moins que quelqu'un ne dise « et xxxx on en parle ? » pour changer de sujet.

Et pour le Bac comment tu as fait ? Tu as tiré le sujet Victor Hugo et tu as dit à l'examinateur « et Jules Verne on en parle ? », vu que tu n'avais pas lu Victor Hugo... faut dire aussi, « la légende des siestes » ça n'aide pas à garder les yeux ouverts en classe.

Et les choses que j'aime, on en parle ?

Ben non ! Alors, tu vois ?

J'AIME PAS

Monaco.

J'aime pas ses fraudeurs fiscaux. J'aime pas ses oligarques en goguette. J'aime pas son béton qui gagne sur la mer.

J'aime pas ses Formule 1 dans les rues. J'aime pas ses yachts d'esclavagistes. J'aime pas sa monarchie sur papier glacé. J'aime pas ses banques. J'aime pas sa vidéo surveillance. J'aime pas l'hypocrisie vis-à-vis de ce paradis fiscal.

J'aimais pas le commandant Cousteau et sa suffisance. J'aimais pas Rainier et je détestais quand Albert était aux Jeux Olympiques. J'aime pas le fait d'avoir été dégouté de Grace Kelly parce qu'elle a épousé le clown du rocher et j'aime pas n'avoir jamais été convaincu par le récit de son accident de voiture.

J'aime pas la Société Mafieuse des Bains de Mer. J'aime pas son Casino. J'aime pas ses concerts. J'aime pas son Festival du Cirque. J'aime pas ses princesses.

Pas plus que je n'aime Andorre et ses joueurs d'ESport qui font semblant d'y habiter… mais bon… pas de quoi en faire une rubrique…

J'AIME PAS

chercher midi à quatorze heures.

Non mais ça va, je connais le proverbe comme quoi il ne faut pas chercher midi à quatorze heures mais vous croyez vraiment que je peux me contenter de ça ? Il ne faut pas ?

Ben non ! Je n'ai pas trois ans : faut qu'on me dise pourquoi (quoique – même à trois ans… je voulais déjà des explications – mais c'est un autre sujet).

Ou alors fait que j'essaie pour comprendre. Et c'est ce que j'ai fait. Alors, j'ai essayé plusieurs fois, à différents endroits, à jeun, à cloche-pied, à la queue leu leu, en récitant mes tables de multiplication, en faisant appel à un ami, en fermant les yeux, en les ouvrant grands, en marmonnant des trucs façon gourou à la con pour détronché urbain, en semant des cailloux pour pouvoir revenir quand je l'aurai trouvé, avec un plan, avec un plan B, avec un mauvais plan, avec des amis (ben si, j'en ai !), en égrenant un collier de bonbons (chacun son chapelet), en montant là-haut sur la colline avec un bouquet d'églantines, avec une baguette, avec abnégation, patiemment, longuement, nuitamment, à pied, à cheval, en voiture, en achetant des renseignements avec des billets du Monopoly, en engageant un détective, en heure d'été, en heure d'hiver, sous la pluie, en plein cagnard, au clair de lune, en rampant, dans des livres, en montant une expédition, en créant un comité Théodule, sur la Terre comme au Ciel… Mais je ne l'ai jamais trouvé… Donc, il ne faut pas chercher midi à quatorze heures… parce qu'il n'y est pas.

Ce n'était quand même pas compliqué de le dire. Et donc… ben j'aime pas… forcément.

J'AIME PAS

les livres qu'on offre pour les fêtes, les anniversaires, les départs en retraite, à Noël, pour les vacances, les … oui, c'est ça… les livres qu'on offre dans les grandes comme les petites occasions…

Tu sais ceux qui ont obtenu le prix de l'Académie Gustave Penuchet (si, c'était un écrivain je crois… ou un peintre peut-être), le prix National du livre de l'année des libraires du quartier (ben c'est sérieux, d'ailleurs il y a un bandeau rouge pour t'en informer), qui sont forcément des valeurs sures puisqu'ils ont eu un prix.

Un peu comme au supermarché, le label tradition, le label du goût 2000 (vous êtes sûrs que c'est encore frais ?), le label ceinture noire troisième dan de bio-authentique-sans truc ajouté-roulé à la main sous… non, ça c'est dans un film…

C'est tellement bien que je vais l'offrir à mon oncle Gustave pour son anniversaire, à ma tante Amélie pour sa médaille du Travail (si quelqu'un jure l'avoir vue travailler, c'est le roi des menteurs) et à … chez qui on va diner déjà samedi ? Marcel et Lucette ? Je vais l'offrir à Lucette, elle va adorer.

Non, je ne l'ai pas lu, mais il est bien. En acheter deux ? Pourquoi faire ? Ah ? Un pour moi ? … Non, mais en fait ce n'est pas vraiment le genre de bouquin que je lis… Non, c'est trop… tu vois… enfin, ce n'est pas assez… Mais toi, tu devrais le lire, je suis sûr que ça te plairait.

J'AIME PAS

prêter des livres.

Parce que quand tu as prêté un livre à quelqu'un et qu'ensuite tu veux le prêter à une autre personne, parce qu'il est vachement bien, que tu as adoré le lire... tu ne peux pas... Il a disparu.

Le verbe prêter ne s'emploie jamais avec le mot livre. Non, jamais ! Il faut le savoir, à son contact le verbe prêter acquiert le super pouvoir d'invisibilité... et le livre disparait.

C'est un phénomène étonnant sur lequel, à mon avis, la science devrait se pencher, contrairement à Marius qui lui ne doit pas se pencher – même si, j'en conviens, la situation est assez différente.

D'un autre côté est-ce qu'on a vraiment une telle abondance de super pouvoirs que l'on puisse négliger celui-ci ? Ben, malgré tout j'ai envie de dire oui, parce que c'est quand même un super pouvoir qui ne sert pas à grand-chose. Il fait disparaitre un livre.

OK. Et maintenant ? Je fais quoi moi, pour la personne à qui j'avais promis de prêter le livre ? Je lui dis « Ah ben, non, en fait, je croyais que je l'avais mais je l'ai plus ! » ?

Vous pensez vraiment que ça va m'aider à me faire des amis de faire des promesses et de ne pas pouvoir le tenir ? C'est vraiment un super pouvoir de merde, en fait ! Bon, rendez-moi mes livres, que je ne les prête pas !!

Voilà, on va faire comme ça... sauf que... Dès que la personne à qui tu l'as prêté l'a lu... il disparait aussi de chez elle. M'en fous, je ne veux pas savoir.

Débrouillez-vous comme vous voulez mais rendez-le-moi. Comment ? Ben, je ne sais pas... cherchez le verbe qui a le super pouvoir d'apparition ???

Ou alors... non, laissez tomber... ce texte est vraiment trop con. Je ne risque pas d'en faire un livre... Personne ne voudrait que je le lui prête...

J'AIME PAS

le fromage.

Sauf le râpé dans les pâtes au beurre, ça, évidemment, on est obligé d'aimer. D'ailleurs, comme dans les pâtes en sauce tomate, faut être honnête.

Sauf sur la pizza, bien sûr… mais pas la 4 fromages pour des raisons que j'expliquerai plus loin*.

Bon, sauf les petits cubes d'emmental ou de gruyère qu'on met dans les salades (moi j'en mets, je ne sais pas ce que vous faites, mais je vous le recommande). Et sauf les apéricubes (les verts et les roses sont mes préférés) – même si ce n'est pas vraiment du fromage.

Sauf dans la fondue savoyarde, mais ça c'est évident. Et sauf dans la raclette, parce que c'est bon…

Sauf dans la tartiflette, ce serait difficile de s'en priver.

En fait le fromage que je n'aime pas, c'est celui du « fromage ou dessert » … Je préfère le sucré mais ce n'est pas la question. En fait j'aime pas, déjà, parce que ça pue. J'aime pas le fromage qui pue des pieds. D'ailleurs, en règle générale, je n'aime pas tout ce qui pue des pieds… Même les êtres humains qui puent des pieds.

Et je n'aime pas le moisi, mais genre vraiment moisi, un peu comme l'humour de ------ (non, ce n'est pas le sujet du jour). Ben non, quand c'est bleu, ce n'est pas normal. Ça ne l'est pas pour la viande il n'y a aucune raison que ça le soit pour le fromage.

Donc, pour résumer, j'aime pas tout ce qui est moisi… et tout ce qui pue des pieds… Tiens, je vais reprendre de la tarte !!

La France, le pays du moisi qui pue des pieds...

PS : dans la pizza 4 fromages il y a du fromage qui pue des pieds, c'est obligé, au moins un sur les quatre.

J'AIME PAS

la joie obligatoire, l'hystérisation zygomatique permanente, la boulimie de fausses amitiés, l'overdose de superlatifs, la suractivitédeloisirs pour donner l'impression que la vie vaut d'être vécue.

Arrêtez-vous ! Soufflez un coup... respirez lentement.

Voilà, on peut reprendre calmement et se concentrer sur l'essentiel ?

Parce que là, vous ne vous occupez que des symptômes... pas de la maladie.

J'AIME PAS

le son du cor le soir au fond des bois.

Y a que les poètes pour aimer ça. Les poètes et les ploucs !

Déjà, quand tu habites en ville il n'y a pas de bois et tu es obligé de prendre ta voiture pour chercher la forêt la plus proche. Donc tu pollues ! Et ça… c'est mauvais pour la nature (adopter un ton gnangnan si vous le dites à voix haute).

Une fois que tu es arrivé, faut trouver le fond des bois… et ça c'est vicieux, parce que selon par où tu arrives… le fond des bois n'est pas au même endroit ! Oui, ben faut le savoir parce que quand quelqu'un te dit qu'il est allé au fond des bois, en réalité, tu ne sais pas où il est allé… et il faut que tu fasses semblant de comprendre…

Et donc, une fois arrivé à la forêt… faut marcher… et surtout… avoir un COR (non, pas au pied). Et le promener sous les arbres jusqu'à ce que tu arrives au fond des bois. Et le cor, c'est lourd (déjà, à porter) !

Donc, admettons que tu as un cor, que tu n'es pas obligé d'aller l'acheter pour l'occasion et que tu sais en jouer… ça fait beaucoup.

C'est le soir ! C'est important sans l'être parce qu'en fait, même si c'était le matin, tu vas faire chier tous les gens des environs qui sont comme moi : qui n'aiment pas le son du cor au fond des bois ! Parce que le son du cor le soir au fond des bois… ça porte loin !! Ça s'entend très bien !

En plus, avec tous les Parisiens qui sont venus habiter à la campagne, c'est le procès garanti, aussi sûr que si ton coq chantait tous les matins vers 4 heures / 4 heures trente.

Personne n'aime le son du cor le soir au fond des bois !

Ils font chier ces poètes !

J'AIME PAS

les tables bancales. Comment c'est pénible, ça !

Tu t'appuies toujours du mauvais côté. Alors après tu cherches des trucs pour la caler mais ça n'est jamais de la bonne taille et du coup, ça penche de l'autre côté.

Ou alors tu es obligé de t'appuyer dessus de tout ton poids parce qu'il y a toujours des personnes autour de la table qui ne font pas attention ; tu sais, ces gens qui ne savent pas ce qui est important dans la vie, qui préfèrent te parler de leurs problèmes au boulot, de leurs problèmes de santé, de leurs problèmes de cœur, alors que la seule chose vraiment importante C'EST DE TENIR LA TABLE !

Et de ne pas renverser le pastis !

J'AIME PAS

les mots en -asse... estrasse, fougasse...

C'est une sonorité vulgaire à mes oreilles. Et s'il y a bien une chose que je ne supporte pas, c'est la vulgarité... pétasse, radasse...

Vous entendez comme c'est moche ? Ça troue les tympans... connasse, pouffiasse... C'est presque aussi insupportable qu'un sermon du dimanche d'hypocrite en robe longue.

Ça file la chiasse... blondasse, bécasse...

Quoi le subjonctif ? Le subjonctif c'est élégant ? "Que je mangeasse"... Ben justement c'est l'imparfait du subjonctif... le raté du subjonctif...

Mollasse, tiédasse, paperasse... Allez, ramasse tes mots en -asse et débarrasse le plancher !

Dégueulasse, crasse, crevasse... ça fait envie, tu trouves ? Grognasse, ragougnasse... Quoi ?

Embrasse ? Ouais, bon, parfois il y a des exceptions... Mais ça ne change pas le fond du problème !

J'AIME PAS

la musique dans les manifestations.

S'il y a bien un truc qui ne va pas aider à faire avancer les revendications et à être pris au sérieux c'est bien cette affreuse soupe grésillante (la sono est rarement au top), mélange de refrains franchouillards pseudo-humoristiques et de world music endiablée (et souvent, malheureusement, l'option djembé est retenue) qu'on nous sert tout au long des cortèges.

Mais comment tu veux être pris au sérieux, comment tu veux faire croire que la situation est désespérée, que la société est au bord de l'explosion, que les jours du néo-libéralisme sont comptés (Tremble carcasse !) quand tu diffuses du Bézu, du Carlos ou du Johnny Clegg ? Et que tu danses tout au long du défilé, en ondulant ton croupion de gros mal nourri, au ventre infesté par la malbouffe (l'embonpoint est une des rares choses équitablement réparties), en chantant des refrains GuyLuxiens.

Ce n'est pas sérieux ! Ça ne fait peur à personne, à part à mon instinct mélomane. Il est temps de ramener un peu de tristesse, de consternation, d'énervement, de rage (against the machine), de cris dans la contestation processionnaire. Des chants de colère plus en phase avec les raisons qui te font descendre dans la rue quand ce n'est pas pour aller chercher le pain et les cigarettes.

Je ne sais pas, ce que vous voulez mais pas ce côté festif... C'est déjà pénible hors manif...

« Chirac en prison ? ». C'est moins pire si vous tenez absolument à la note humoristique... mais c'est un peu tard maintenant.

Tu imagines la prise de la Bastille avec des révolutionnaires qui chantent « A la queue leu leu » ou « tirelipimpon sur le chihuahua » ? Non, je n'ai rien contre un peu de modernité, d'adaptation à l'époque... mais il y a des limites.

J'entends bien l'argument du côté enjoué pour motiver les troupes... Mais faut essayer autre chose. Parce que vu les dernières avancées sociales... je dirais que ça n'est pas très efficace !

Repensons l'accompagnement musical de la Révolution !

J'AIME PAS

les fables végans.

Bien sûr que ça existe. On m'a offert un recueil de fables végans à Noël. Il est paru chez Plomb (de chasse) Editions. J'avais attendu pour le lire parce que, inconsciemment, je pense que je me méfiais un peu.

Et j'avais bien raison. C'est archi nul. On n'y comprend rien. Sous prétexte de ne pas maltraiter les animaux on se retrouve avec des histoires totalement débiles et inintéressantes, sans queue ni tête (forcément… les légumes n'en ont pas).

Ah ben, je n'invente rien. Tenez, d'ailleurs, si vous ne me croyez pas, je vais vous en lire un extrait. Vous vous ferez votre propre opinion.

L'asperge et le rutabaga

Une asperge se désaltérait

Dans le courant d'une onde pure.

Un rutabaga survient à jeun, qui cherchait aventure,

Et que la faim attirait en ces lieux.

Qui te rend si hardi de troubler mon breuvage ?

Dit ce légume plein de rage :

Tu seras châtié de ta témérité.

….. (bon, là j'abrège un peu, mais franchement, vous ne ratez rien) …

… Je ne puis troubler sa boisson.

Tu la troubles, reprit ce légume cruel.

Et je sais que de moi tu verdis l'an passé.

— Comment l'aurais-je fait si je n'étais pas plantée ?

Reprit l'asperge, je suis encore sous serre.

— Si ce n'est toi, c'est donc ta sœur.

— Je n'en ai point.

— C'est donc quelqu'un de ta botte...

….

Non, je ne sais pas vous, mais moi, je préfère arrêter là.

Font chier ces végans !!

J'AIME PAS

compter sur les doigts… surtout quand ce sont des chiffres avec des virgules… la solution serait de faire les décimales avec les doigts de pieds… mais s'il faut enlever les chaussures/chaussettes chaque fois qu'on doit faire un calcul… pour peu que les calculs soient difficiles et que tu sues des pieds (d'ailleurs je pense qu'il doit y avoir un rapport avec le sue-du-cul, qui est bien une histoire de chiffres, aussi, non ?) …

J'aime pas non plus les boulangères qui sont obligées de poser une addition sur leur papier quand tu achètes deux baguettes et un croissant… Merde, quoi, c'est ton boulot, apprends un peu… un minimum…

Non, je sais, c'est pas pareil et ça fait deux « j'aime pas » mais bon… aujourd'hui… je ne compte pas !!

PS : je me demande si les claquettes/chaussettes, en fait, ça n'est pas pour calculer plus vite sur les doigts de pieds... vite enlevé, calcul facilité... non ? bon, tant pis...

J'AIME PAS

les gens qui disent au jour d'aujourd'hui.

Merde, quoi ! Ça fait minimum 500 fois qu'on vous le dit ! Tout est déjà dans aujourd'hui. Vous le faites exprès ou vous n'avez pas de cerveau ? Est-ce que vous dites aussi au jour d'après du lendemain ? Non ? Bon, ben alors !

C'est comme « malgré que ». Ça aussi, ça y va. Sans arrêt des gagnants, mieux que la pêche miraculeuse. Et malgré que ceci et malgré que cela. A un moment, ça ne s'appelle pas faire vivre la langue, la faire évoluer... c'est juste refuser de comprendre et être fier de passer pour un con auprès de ceux qui t'ont déjà dit 499 fois (c'est pour éviter de redire le même chiffre) que ça n'était pas correct.

Tu vois, moi je me dis que si on a assez d'effectifs policiers pour aller contrôler des « pass » à la con qui ne servent à rien, on devrait pouvoir créer une Brigade Linguistique. Bon, je sais bien, vous allez me répondre que ça n'est pas possible parce qu'il faudrait trouver des policiers qui parlent un français correct et qui ne jouent pas sans arrêt au « ni oui ni non » en plaçant leur fameux « affirmatif ». C'est un problème à prendre en compte.

J'en suis bien conscient, on ne pourra pas tout régler en une fois... mais gardez quand même l'idée en tête...

J'AIME PAS

les intermittents du potage.

Soyons honnêtes, pour une fois ! La plupart du temps ce sont des légumes de deuxième, voire de troisième catégorie (et je suis gentil).

S'ils étaient vraiment bons, ils auraient leur propre soupe, leur velouté, leur suprême peut-être, ou, au pire un potage à leur nom.

Mais non ! Ce sont des intermittents du potage. On les prend pour faire des soupes mélangées, des soupes de légumes, des soupes moulinées, mélanges de gouts divers… Pour faire bien, parfois, on appelle ça soupe du soleil ou soupe paysanne…

Mais bon… Personne n'est dupe.

Il parait qu'au départ c'était pour que tout le monde puisse manger de la soupe. Mais il n'y avait pas assez de légumes vraiment « goûtus », alors ils ont commencé à accepter n'importe quel truc vert avec des feuilles qui sortait d'un potager et puis, finalement, on en est venu à cultiver n'importe quoi pour répondre à une prétendue demande : des légumes qui n'avaient le nom de « légume » que parce qu'ils se l'étaient appropriés.

Et en plus, c'est une plaie pour les sols, parce qu'ils étaient d'une si piètre qualité, ces légumes, qu'il a fallu, littéralement, les arroser, les recouvrir d'engrais. Toujours en rajouter… Jamais assez !

Une plaie pour la nature. Tous ces légumes artificiels qui n'existent qu'à coup de potasse (pour ton bachot), de magnésium, d'azote (en rythme : azote en rythme

/ ésotérisme… bon, laissez tomber), de Round Up (Veneziano ?) …

Non vraiment, les intermittents du potage… quelle plaie !!

On connaissait l'expression « il y a une couille dans le potage » … mais, en fait, il y en a beaucoup plus que ça…

J'AIME PAS

Que la vérité soit ailleurs.

C'est vrai c'est chiant, quoi !

C'est ici qu'on en a besoin…

J'AIME PAS

le stand up.

J'aimais déjà pas quand c'était les Américains qui en faisaient. Tu te souviens de ces scènes dans les vieux films américains où tu voyais un numéro de stand-up dans un cabaret miteux, façon bar à touristes de Pigalle dans les années en noir et blanc ? Un mec tout seul devant son micro qui racontait des blagues à deux balles en riant tout seul, espérant déclencher ainsi une hilarité générale. Je trouvais ça déprimant au possible.

Le stand up c'est l'Oncle Emile, pour la communion du petit, qui raconte les mêmes histoires à chaque repas de famille, avec les tâches de gras qui constellent la serviette nouée autour de son cou, le bavoir pour buveur bavard, l'œil qui brille et le verre qui tremblote dans sa main, l'alcool de prune qui glisse aux coins des lèvres, devant un auditoire dans le même état.

Le stand up, c'est l'Oncle Emile mais il a mis un costume propre et tu paies pour aller le voir. Et comme tu es à jeun… ben c'est pas drôle. Non, c'est pas drôle. C'est comme un brouillon d'humour… Comme un musicien qui te jouerait des bouts de thème parce qu'il n'est pas capable d'écrire une chanson.

- Attendez j'ai ça aussi… Non, mais je sais pour l'instant je n'ai que le couplet, mais c'est bien, non ?

Stand up ? Non, c'est bon, assieds-toi.

J'AIME PAS

les gens qui rajoutent du sel dans un plat avant de l'avoir goûté.

C'est quoi leur problème ? C'est un rituel ? Je déplie la serviette, je bois un coup et je sale ?? Ou alors c'est une sorte de protestation réflexe contre la royauté ?

« Voilà, maintenant qu'il n'y a plus de roi, la gabelle a été abolie, et je peux saler tant que je veux sans payer d'impôt ! ».

Ami contestataire, je me permets de te rappeler que si la gabelle a bien été supprimée, tu paies quand même de la TVA sur le sel…

Non, ou alors c'est parce qu'en fait, ils n'aiment pas le goût des aliments. Aucun ! Uniquement, le sel !! Faut que tout ait le goût du sel ! Qu'est-ce que tu veux manger à midi ? Du sel !!

C'est certainement à cause d'eux que maintenant tu as du sel de toutes les couleurs, du sel d'ici ou d'ailleurs, de la fleur de sel… Pour varier leurs menus.

Je ne sais pas vous, mais moi, ça me fait systématiquement penser à mes vacances en Ardèche quand j'étais petit et que les chèvres venaient me manger le sel dans la main.

Du coup, j'ai trouvé un nom pour ces personnes : les goat-people…

PS : en fait ce n'est pas nouveau, ce phénomène existait déjà à l'époque d'Astérix et Obélix. Ces amoureux du sel s'étaient regroupés en peuplades en fonction de leurs origines géographiques… les wisigoats et les ostrogoats…

J'AIME PAS

les groupes et les chanteurs français qui commencent par la lettre F...

En plus, il y en a plein : Fauve, la Femme, Feu Chatterton, Findochine, Julien Foré, Mathieu Fétide, les Fiminanas, Fouise Attaque...

Bon, pour être honnête je suis à peu près certain que je pourrais dire la même chose avec une autre lettre...

Mais le F, ce n'est pas la bonne lettre pour le rock. Le E, le A, le G ou le C voire le D... mais le F. Le F c'est un truc de frimeur, de branchouille prétentieuse. « Le rock c'est en E ? Ben moi je fais un demi-ton au-dessus ! En F, parce que je suis plus fort que les autres ! Na ! »

PS intempestif : normalement, avec un minimum de notions musicales, vous devriez avoir compris le paragraphe précédent. Si tel n'était pas le cas, j'avoue que je serais un peu embêté, mais vous pouvez toujours remplacer par deux ou trois phrases prises au hasard dans « Les lettres de mon moulin » ... ça ne peut pas faire de mal.

De toute façon ces gens-là jouent du Fock... et j'aime pas le Fock !

PS de clôture (comme un congrès socialiste, quoi) : j'ai décidé d'éviter de faire des jeux de mots sur les focs, les phoques, le folk... ça me Fatigue...

J'AIME PAS

le gel à raser.

Ça projette un long fil bleu (ou blanc – c'est selon les marques), visqueux, comme ce truc qu'on achetait quand on était gosses, dans les fêtes foraines ou les magasins de jouets : le fil fou ! Voilà, le fil fou ! Sauf que, le fil fou, il se solidifiait au contact de l'air et il séchait instantanément alors qu'avec le gel à raser, tu dégueulasses ta salle de bain, les murs, le miroir, tu en mets partout…

Parce que la plupart du temps, tu penses que tu as acheté de la mousse à raser (en tout cas, c'est ce que tu voulais faire) alors, tu appuies franchement et…

Le gel à raser, c'est impossible à doser. Tu en as toujours trop dans les mains. C'est du gaspillage ! Et ça, c'est mauvais pour la planète (donc ce n'est pas chouette – **hulot**te) !

Et puis c'est idiot… parce qu'il faut que tu frottes pour transformer le gel en mousse… Ben, tu sais quoi ? Je vais prendre directement de la mousse ; ça m'évitera d'en mettre partout et d'avoir du gel plein les doigts.

Je ne sais pas qui a eu cette idée, vraiment. On pourrait croire que c'est pour éviter d'utiliser ces produits qu'on met dans les diffuseurs sous pression et qui trouent la couche d'ozone… mais pour le gel, c'est pareil que pour la mousse, alors quel intérêt…

Ou alors il reste la méthode à l'ancienne avec la boule de savon et le blaireau. Non, je ne dis pas que les gens qui utilisent ça sont des blaireaux… C'est le nom du petit ustensile poilu avec lequel tu fais de la mousse – non, pas ça (PUTAIN, vous avez l'esprit mal placé) …

Quoique, si ça se trouve... le nom n'a pas été choisi totalement au hasard...

PS : ne me prenez pas pour un idiot, je sais très bien que c'est parce que les anciens, les vrais, étaient en poil de blaireau... oui, l'animal...

2ème PS : en tout cas, utilisez ce que vous voulez, mais surtout rasez-vous la moustache pour éviter de ressembler au chanteur de Feu Chatterton.

J'AIME PAS

Les romans français actuels.

Sauf, évidemment, les polars marseillais, à supposer qu'on les classe dans les romans. Oui, il se trouve que j'ai quelques amis qui en écrivent et vous comprenez bien que je ne peux pas, en permanence, me brouiller avec tout le monde.

Ce n'est pas tant une question de forme, encore que le choix soit assez simple entre littérature pour profs de lettres (avec du « style », c'est-à-dire des mots que tu n'utiliseras jamais dans la vie de tous les jours... pour décrire des situations de la vie de tous les jours) et la littérature pour lectrice auto-bronzante de Marie-Claire (avec les mots tirés de La Sociologie pour les Nuls... pour décrire des situations de la vie de tous les jours).

Non, honnêtement, ça, je m'en fous un peu... si l'histoire m'intéresse. Mais malheureusement le problème est là. Alors, nous avons le choix entre cinq sujets (ben déjà, ne vous plaignez pas, c'est plus que pour le Bac à l'Oréal*) :

- l'amour dans le 16ème arrondissement (de Paris, pas de Marseille) avec parfois, aussi, quelques week-ends à la campagne (c'est tellement chic et si dépaysant... la campagne).

- l'amour dans le 16ème arrondissement (le même) raconté à mon psy (qui habite aussi dans le 16ème – c'est fou les hasards dans la vie).

- l'amour avec la presque femme (ou homme ou rien du tout, ne commencez pas à m'emmerder avec ça) de ma vie qui trouve que Friends c'est comme du Werner Herzog, mais avec des rires préenregistrés.

- mais comment puis-je être aussi malheureux alors que je suis tellement génial ?

- finalement une relation qui a des hauts, des bas, des hauts... c'est M N M's (quand l'auteur pense avoir de l'humour).

Non, je ne dis pas que c'est nul (savoir si je le pense n'est pas le sujet non plus), mais, moi qui aime bien lire aux toilettes (comme beaucoup d'hommes, parait-il), je dirais que ce n'est pas la meilleure lecture pour mon transit intestinal (encore que...).

* merci de me le signaler... mais ce n'est pas une faute...c'est volontaire !

J'AIME PAS

L'idée de la réincarnation.

En tout cas pas dans le sens où, un jour, tout le monde ressusciterait dans l'anchois et la Pécresse, pour se gaver d'hosties au goût de papier maché, d'un infect vin de messe qui pique (c'est pour ça qu'on le dilue avec un peu d'eau), de petits pains rassis et de poissons panés.

Mais pour ceux qui, toutefois, seraient tentés, je vous conseille de lire la saga des Dieux du fleuve : Le Fleuve de l'Eternité de Philip José Farmer. Disons que c'est la version 2.0 de la réincarnation…

Pas non plus cette idée de la réincarnation selon laquelle les êtres humains, après leur mort, se transformeraient en animaux. C'est juste l'ego incommensurable de l'être humain qui le pousse à penser que la Terre n'est rien sans lui et que donc il va forcément y revenir sur cette Terre, même si c'est sous une autre forme. C'est son désir d'immortalité à tout prix, à tout crin (de cheval).

Mais, en revanche, il existe des preuves scientifiques de ce que l'on pourrait qualifier en quelque sorte de mouvement inverse, symétrique : la réincarnation en être humain.

Des scientifiques ont pu notamment étudier et documenter de manière assez intéressante la réincarnation, par exemple, de céleris-raves en footballeurs (non, je n'ai pas le nom du club), d'orties et de tournesols en « végans intégristes », de moutons et de dindons en électeurs macronistes, de poteaux télégraphiques en avocats de la cancel culture, de cucurbitacées en adeptes de l'écriture inclusive.

Alors je crois que, même si j'aime pas l'idée de la réincarnation, je vais devoir me faire une raison : c'est possible.

PS : l'ongle réincarné est un sujet qui mérite une attention toute particulière et sera donc l'objet unique d'un ouvrage prochain.

J'AIME PAS

les licornes… La licorne, c'est juste un cheval pour les frimeurs. Un peu comme les 4x4 avec le pare-buffle pour aller chercher le pain en centre-ville ou les mioches à la crèche.

Voilà, c'est ça ! La licorne c'est un cheval avec un pare buffle. Ou le croisement entre une jument et un rhinocéros… Non, je préfère ne pas imaginer. Quelqu'un a filmé la conception ? Non, je ne veux pas voir les images !

Ça ne sert à rien de ne pas les aimer parce que ? ça n'existe pas ? N'importe quoi ! Evidemment que ça existe les licornes, c'est juste qu'elles passent moins souvent à la télé qu'Hanouna… et d'ailleurs… si ça pouvait être l'inverse… même si je les aime pas…

Déjà certaines licornes ne sortent que lorsque le temps est couvert ou le matin à la fraiche : ce sont les licornes de brume. Elles vivent plutôt à la campagne… et j'aime pas la campagne… donc…

Les plus connues sont celles dont le lait permet de faire un fromage renommé de Haute Savoie : les licornes d'Abondance. Je vous ai déjà dit que j'aimais pas le fromage ? Bon, ben voilà.

Et il y a beaucoup d'autres licornes dont je pourrais vous parler, mais on ne va pas, non plus, s'éterniser… vu que… j'aime pas les licornes !

J'AIME PAS

les chameaux... Euh, non, j'aime pas les dromadaires. C'est lequel celui qui a deux bosses ? Le chameau ? Bon, ben j'aime pas les chameaux ! Mais en fait, j'aime pas non plus les dromadaires...

De toute façon, sur les paquets de Camel (chameau)... c'est un dromadaire... Enfin, c'était un dromadaire quand les paquets de cigarettes ressemblaient encore à quelque chose...

Oui, je sais, c'est un peu court aujourd'hui... mais désolé... faut que je bosse !

J'AIME PAS

Les gens qui, aujourd'hui, vont croiser des gosses, des jeunes, des ados et vont leur dire ou leur ont dit "alors, c'est la rentrée ?"

Ben non, connard, on va à un défilé de cartables !

J'AIME PAS

les théâtreux.

Vous croyez que les musiciens ont un ego surdimensionné parce que, dès qu'ils font deux reprises poussives, qu'ils trouvent un riff de paraplégique que tu as l'impression d'avoir déjà entendu cent fois – mais mieux joué - (ça ne ressemble pas un peu à un morceau de ----- ? » - « T'y es fou, ça n'a rien à voir »), qu'ils alignent trois phrases entre le pré et le post-pubère en guise de paroles, ils se prennent pour des artistes et ne parlent plus que des morceaux géniaux qu'ils ont composés / vont écrire et de leur talent incroyable (bien qu'encore incompris à l'heure où j'écris ces mots... mais c'est imminent... une question d'heures, de jours tout au plus).

Les érudits de la musique, qui connaissent par cœur le bottin des musiciens, l'annuaire des disques parus et le tableau de Mendeleïev de la classification des genres musicaux leur tirent bien un peu la bourre... mais tout ça n'est rien... De la gnognote, du pipi de chat, de l'aspartame à doses homéopathiques, de la tisane, du déca allongé, rien, nib, nada...

Non, vraiment, ce n'est rien à côté des théâtreux.

Parce que, si eux aussi se trouvent assez facilement un talent incroyable dont ils entendent bien informer la terre entière à commencer par tous ceux qui croisent leur chemin... ils ne se contentent pas du simple espace musical, qui, finalement, n'intéresse pas grand monde. NON... ils visent l'universel, le « toujours à propos », l'inattaquable... parce qu'EUX... EN PLUS... Ils sont forcément bien plus intelligents que toi puisqu'EUX, ils lisent !!!

CQFD : je lis donc je suis intelligent (ce ne serait pas plutôt réfléchir être intelligent ?). Les grands auteurs ou des trucs totalement chiants (en égales proportions) dont le faible lectorat atteste évidemment du fait que ce n'est pas à la portée de tout le monde (donc pas à la tienne, pauvre inculte).

Et en plus, ils n'ont même pas besoin d'un instrument ou d'un décor pour s'échiner à monopoliser l'attention. Ils font ça sans rien !! A coup de citations, de déclamations intempestives, de transformation du moindre espace physique ou sonore libre en scène improvisé… PUTAIN qu'ils sont pénibles.

Patron, resservez-moi un Double Ego, je crois que j'ai pris du retard !

J'AIME PAS

ce rapport ambigu qu'on entretient avec la Loi.

On doit respecter la Loi ! D'accord, donc ça veut dire que la Loi est juste, bonne, équitable, intelligente, utile, nécessaire, etc...

Alors pourquoi vote-t-on sans cesse de nouvelles lois pour remplacer les précédentes ? Parce qu'elles n'étaient pas bonnes ? Mais qu'il fallait les respecter quand même ? Mais, au nom de quoi, alors ?

Et les jugements ? Ils disent la Loi... et on doit les respecter... mais on peut quasiment toujours faire appel des décisions de justice... c'est-à-dire considérer, systématiquement, que la Justice a pu se tromper en disant la Loi. Mais qui sont donc ces magistrats de première instance dont on peut toujours remettre en cause les décisions ? Des mauvais ??? Des sous-juges ?

En fait, plus tu protèges, plus tu accrois les droits de la Défense, plus tu installes le doute sur l'idée que la Loi est juste, puisqu'il faut sans cesse s'en méfier, s'en défier et la canaliser, la remettre en cause... Tout cela... en respectant la Loi.

Je pourrais avoir un Alka Seltzer ? Non, ben le médicament générique, alors...

J'AIME PAS

les vieux qui font leurs courses à 18H00 ou le samedi matin, qui attendent que tout le contenu de leur chariot soit arrivé au bout du tapis roulant pour commencer à ranger leurs courses dans leurs sacs, qui s'aperçoivent à ce moment-là qu'ils ont oublié de faire valider un bon de réduction « DE MERDE » et obligent la caissière (je sais, il y a aussi des caissiers mais ne commencez pas à m'emmerder avec vos histoires de genre) à refaire une manipulation sur sa caisse – quand elle n'est pas obligée d'appeler le gérant pour valider ; qui veulent régler une partie en tickets resto (et d'où ils sortent d'abord ces tickets – depuis quand on a des tickets restos quand on n'a plus d'emploi – à qui vous les avez volés, bande de racailles !), une partie avec la carte du magasin (qui te permet d'avoir 3% de réduction sur un vaste choix de 12 articles, à condition que tu les achètes le jeudi entre 11h07 et 12h23 et que tu ailles faire valider ton ticket à la caisse centrale) et le solde en monnaie ; et qui cherchent l'appoint en regardant chaque pièce pour voir si c'est 5 ou 10 centimes...

Putain de vieux ! Et après ça te fait tout un cinéma comme quoi ça ne dort pas la nuit. Mais sors, va faire tes courses dans un magasin qui fait des nocturnes !

Je dis ça... mais les chômeurs (ou les intermittents – j'aime bien me faire de nouveaux amis) c'est pareil... eux aussi ils peuvent aller faire leurs courses à un autre moment. Mais non, faut qu'ils viennent emmerder ceux qui n'ont pas d'autre horaire possible. Pour que les gens perdent du temps quand eux en ont trop.

Vous savez quoi ? Je ne vous respecte pas ! Vous ne le méritez pas...

J'AIME PAS

les hosties.

Ça n'a aucun goût. Chez Dieu c'est vraiment un resto pour touristes à l'ancienne, façon Côte d'Azur dans les années 70/80 : si le client est roi, c'est vraiment le roi des cons qui n'est là que pour payer et à qui tu peux faire bouffer n'importe quoi.

Et le vin ? C'est le serveur qui le boit ! Tu parles d'une escroquerie !

Par contre, on n'oublie pas de venir te porter l'addition directement jusqu'à ton banc. Ouais, parce qu'en fait, il n'y pas de chaise (ni de table) … le banc c'est plus convivial.

Les seules hosties que j'aimais bien c'était celles en forme de capsule que l'on achetait dans les boulangeries quand on était minot. Tu sais, avec de la biberine à l'intérieur et une paille pour l'aspirer. Bonjour le symbole ! En même temps on était dans le sujet… la religion c'est bien l'opium du peuple…

PS (pour ceux qui auraient le tort de n'être pas nés à Marseille) : la biberine était une spécialité marseillaise créée dans les années 20 et fabriquée par la Confiserie Le Mistral (non pas celle du quartier télévisuel) à St Menet. C'est vrai qu'à Marseille on a toujours été particulièrement au top pour la poudre blanche...

J'AIME PAS

quand le mode d'emploi est inscrit au dos des barquettes de raviolis et que tu ne penses à regarder le temps de cuisson qu'une fois que tu as ouvert le paquet. Et je ne vais pas vous décrire les acrobaties pour remettre le morceau de plastique que tu viens d'arracher, le maintenir avec la paume de la main bien écartée, retourner le paquet sans faire tomber les raviolis et pencher la tête pour lire par en-dessous… et là, réaliser que c'est écrit trop petit et qu'il faut recommencer… mais avec les lunettes pour voir de près (ah ben si, en fait, je viens de le faire).

Oui, ben ça arrive plus souvent qu'on ne croit… Non, pas à moi, à des gens que je connais, mais ce n'est pas le sujet…

On dirait qu'ils font exprès de le cacher comme s'il s'agissait d'une de ces contre-indications vraiment moisies qu'on aimerait bien ne pas devoir révéler.

C'est juste le temps de cuisson ! C'est important, merde ! Vous ne pouvez pas l'écrire en gros, au-dessus ?? Pas obligatoirement en rouge, ça pourrait alarmer, mais qu'on le voit, quoi !

Je crois bien que c'est pour ça qu'ils les vendent souvent par lot de deux. Tu ouvres le premier, tu te dis « Merde ! » et tu regardes au dos du deuxième paquet.

Le néo-raviolisme ça coûte un pognon de dingue !

J'AIME PAS

que les chats aient neuf vies.

Quand tu vois déjà comment ils pourrissent la nôtre pendant une seule...

« Non, le canapé il est à moi. Tu veux en profiter quand tu rentres du boulot ? Ce n'est pas mon problème. Moi aussi je suis fatigué ! De quoi ? Ben déjà de te supporter, toujours à te plaindre de ceci ou cela !

Comment ça des croquettes au poulet ? On est mardi et le mardi c'est Whiskas au poisson et croquettes sans gluten ! Ce n'est pourtant pas compliqué ! Comme si tu avais autre chose à penser.

Quoi des poils partout ? Parce qu'en plus il faudrait que je fasse le ménage ? T'as qu'à prendre une de ces brosses adhésives chez Carrefour...

Et la caisse c'est moi qui vais la changer ?

Et il est où mon jouet ? Tu veux que je range tes affaires moi aussi ?

Et je miaule si je veux ! Je dis quelque chose, moi, quand tu mets ta musique de dégénéré ? »

En fait les chats c'est aussi chiant que les vieux... Mais on n'est pas obligé de les recueillir. Non, ni les uns, ni les autres...

J'AIME PAS

le pouvoir magique du RIP *.

Qui transforme le politicien véreux en grand serviteur de l'Etat. Qui fait d'une bordille infâme un candidat à la Légion d'Honneur à titre posthume. Qui change le journaliste-carpette en grand professionnel de la Presse. Qui fait d'un chanteur préfabriqué un Grand Artiste Populaire, d'un patron voyou un Entrepreneur ambitieux. D'un obscène profiteur un aimable bon-vivant ; d'un colérique violent un homme exigeant ; d'un pitoyable matamore en chaussons un homme engagé.

Comment ça il ne faut pas dire du mal des morts ? Déjà c'était compliqué d'arriver à en dire de leur vivant alors désolé, mais on a un tombereau d'insultes (vérités sans vernis social) à rattraper !

Ça ne sert plus à rien ? Désolé mais ça c'est le même genre de raisonnement que dire qu'il ne faut pas punir les salauds parce que ça ne réparera rien. La vérité ça sert toujours, même quand ça ne fait pas plaisir et même quand ce n'est pas, parait-il, le bon moment.

Il n'y a pas de bon moment pour être une merde et pas de mauvais pour le dire.

Qu'ils crèvent, tous ces morts indécents !

RIP : Rest In Peace – Requiescat In Pace – Repose En Pet (Prout)

J'AIME PAS

les moustiques.

Forcément, personne n'aime les moustiques. Le moustique est l'animal qui a le plus grand coefficient emmerdement/poids. Largement plus élevé que celui du coq pour un citadin venu s'installer à la campagne, de la mouche à l'heure de la sieste, voire de la guêpe en plein barbecue machiste !

Mais en fait, si je ne les aime pas, ce n'est pas pour les mêmes raisons que tout le monde. Parce que les moustiques… ne me piquent pas… ou quasiment jamais. Faut dire que j'ai un sang un peu étrange. Certains diraient qu'il est empoisonné par l'aigreur, la méchanceté, que sais-je ? Mais ce n'est pas la vraie raison.

Ce n'est pas non plus une histoire de rhésus particulier, d'ailleurs je ne sais même pas quel est le mien car il m'est impossible de donner mon sang. J'ai essayé et j'ai dû abandonner. Pas tant à cause du café infame et de la tartine rassise qu'on te sert généreusement quand tu as fait ton « devoir citoyen » … mais parce qu'il ne coule pas. Une demi-heure pour un fond de flacon. Et ce n'est même pas de la mauvaise volonté.

« Désolé monsieur, mais on va devoir passer au suivant, il y a des gens qui attendent pour se faire saigner ! »

Pourquoi ? Les mauvaises langues disent que je n'ai pas de cœur (ou si peu) et qu'ainsi le sang n'est pas pompé (ou si peu). En réalité j'ai simplement un cœur branché, et depuis toujours, sur l'écologie et qui préfère le goutte à goutte à l'arrosage automatique. Un cœur économe. Tant qu'il ne se dérègle pas.

Et donc, si je n'aime pas les moustiques c'est plutôt parce que, quand c'est leur saison, ces belles et chaudes journées où ils sortent faire la fiesta en écoutant le tube de l'été de TF1 (éminent musicologue de la petite lucarne) plus personne ne veut venir chez moi. Les gens savent que les moustiques ruminent leur vengeance en attendant des visiteurs, prêts à se jeter sur eux comme un kamikaze sur une base américaine et que ça va être leur fête.

Le moustique fait obstacle à mes tentatives estivales de socialisation. Salaud de moustique.

J'AIME PAS

les cyclistes des villes C'est juste un ramassis de « pleureuses » qui veulent faire croire qu'ils* se soucient de l'écologie, du bien-être, de la santé, de la planète…

- Ouin, ouin, je veux des pistes cyclables…
- Ouin, ouin, je veux un bonus écologique parce qu'il y a des montées dans les villes et que c'est trop dur pour mes mollets de grive. Il me faut un vélo électrique.

Tas de branleurs !

Tout ce qu'ils font c'est cocher des cases dans leur grille du loto de la bonne conscience : je coche vélo, je coche sport, je coche urbain responsable, je coche vivre ensemble, je coche électrique (pour pas un rond, avec les aides). C'est trop bien.

Le mois prochain je coche « sans tabac » et « végan » et je remporte la quine !

Regarde les rouler à contre-sens, sur les trottoirs, en dehors des pistes qu'ils ont réclamées (Oui, mais là ça m'oblige à tourner à gauche alors que je veux aller tout droit ! ». Et alors ? Et en voiture je roule où ça m'arrange ?), griller les feux rouges (seuls les poivrons rouges peuvent se griller sans danger et avec un certain intérêt).

Avec leur panier à salade sur la tête et leurs fringues en tissu recyclé.

Un tas d'égoïstes prétentieux qui se pensent supérieurs aux autres, de donneurs de leçons qui veulent que le monde s'adapte à eux et refusent de suivre les règles communes.

Vous savez que le code de la route prévoir des trucs pour les vélos ? Des signalisations qu'ils doivent respecter ? Mais non, ils s'assoient dessus comme sur leur selle…

Le vélo c'est la deuxième voiture du citadin aisé. Il garde le 4X4 pour les week-ends à la campagne (mais surtout, on n'oublie pas de mettre les vélos sur la galerie) et les courses dans la zone commerciale (vous comprenez, entre le travail, les enfants, les activités culturelles et intellectuelles… on n'a plus le temps de faire les courses auprès de ce sympathique commerçant de quartier qui te facture le paquet de biscottes au prix d'un pain au levain bio multi-céréales).
Vous savez quoi ? Je vous conchie !

* : normalement j'aurais dû écrire « qu'elles », puisqu'il s'agit de pleureuses… mais dans un enthousiaste élan pour le mélange, l'inversion, la suppression, la substitution, la redistribution, le libre-arbitre des genres… j'ai masculinisé le propos. Si ça se trouve je vais marquer un point chez les anti(e)-machos…

J'AIME PAS

les chaussettes bordeaux. Non, lie de vin non plus. Mais mauve ça peut aller et parme aussi. Même violet ou lilas.

Vous pensez peut-être que c'est un peu pareil tout ça et que je chipote…

Non ? Vous n'alliez pas le dire ? Au temps pour moi alors !

Pourquoi ? Franchement, je ne sais vraiment pas. Mais ce n'est pas culinaire. Ça non ! Aucun rapport avec le fait que je préfère le jambon de Parme au vin de Bordeaux (je parle du rouge, bien sûr, que je trouve un peu lourd – le blanc je l'aime bien).

Et ce n'est pas politique, non plus. Juppé (« le meilleur d'entre nous » J.C dixit), ex-maire de Bordeaux, n'a aucune influence sur mes goûts en termes de coloris de chaussettes (me concernant, il n'aucune influence sur rien en fait).

Non, je crois bien qu'il va falloir se résoudre à ce simple constat : j'aime pas les chaussettes bordeaux… et je n'ai pas besoin de raison particulière pour cela !

J'AIME PAS

les gens qui accolent leurs deux noms.

Qu'il s'agisse du mari et de la femme, du mari et du mari, de la femme et de la femme ou du raton-laveur avec l'aspirateur. Ce n'est pas sexuel. C'est juste parce que je trouve ça horriblement débile.

Je peux comprendre que quelqu'un qui a porté un nom depuis sa naissance ait un peu de mal à le laisser pour en prendre un autre… mais imaginez ce qu'il va se passer si tout le monde se met à faire ça… au bout de quelques générations. Prenons un exemple. On va faire simple avec un monsieur et une dame mais vous pourrez remplacer selon vos envies… c'est le même principe.

M. Dupont épouse Mme Martin… qui décide de s'appeler Martin Dupont (la vanne musicale est réservée aux marseillais ayant vécu les années 80). Et son fils aussi.

Le fils Martin Dupont épouse Mme Hernandez Muller (c'est pour mélanger les origines aussi, c'est plus fun) et celle-ci décide donc de s'appeler Hernandez Muller Martin Dupont… et sa fille aussi.

La fille Hernandez Muller Martin Dupont épouse le fils Blanc N'Guyen Morales De La Mortinière et décide donc de s'appeler Emilie (oui, parce qu'elle a un prénom) Hernandez Muller Martin Dupont Blanc N'Guyen Morales De La Mortinière…

Je continue ?

Si c'est pour les affubler ainsi… Faites pas de gosses !!

J'AIME PAS

les plages de galets.

Aucune personne sensée n'aime les plages de galets. Tu t'y tords les chevilles, t'exploses les doigts de pieds, glisses sur les galets mouillés...

Même les fakirs hésitent à s'allonger sur les plages de galets ; tu te lèves avec des bleus partout. Sauf si tu fais partie de ceux qui vont à la plage avec le matelas gonflable, ou, a minima le tapis de sol en mousse, la glacière... le parasol... Le parasol ? Va planter un parasol dans les galets !

Et la fréquentation ! Non d'accord il n'y a pas grand monde et tu n'es pas obligé de piéger ta serviette pour que personne ne prenne ta place, mais la plupart sont des hypocrites qui prétendent ne pas aimer les plages de sable alors qu'ils sont juste asociaux et hautains et qu'ils ne veulent pas se mélanger avec le reste des bronzés unifiés. Les plages de galets c'est juste de la ségrégation sociale de bord de mer !

Et puis tu y rencontres des familles entières de personnes chaussées de ces ignobles méduses en plastique qui te protègent des gros cailloux et laissent passer les petits qui te massacrent les orteils et le talon. Mais que c'est laid !

Là, d'office, c'est moins 3 points dans le Guide du Plageard (qui note les plages alors que le Guide du Routard ne note pas les routes).

D'un autre côté, les plages de sable, passé le côté carte postale, entre la promiscuité et le sable dans le maillot, ce n'est pas vraiment top non plus.

J'AIME PAS

les gens qui jettent des peaux d'orange sur les trottoirs.

Entendons-nous bien : j'adore l'humour, même s'il m'arrive d'en avoir une conception qui n'est pas rigoureusement la même que celle du commun des mortels en ces temps d'aseptisation, de censure et de retour de l'obscurantisme (et de faux « Je suis Charlie »). Et j'éprouve, forcément, un intérêt légitime (comme on dit pour te faire accepter les cookies – et parfois ce n'est pas du gâteau), voire une certaine tendresse pour tous ceux qui, dans un souci de défense de la noble cause de l'hilarité nationale, essaient de renouveler le gag éculé (c'est important l'orthographe – on ne le dira jamais assez… en tout cas, là, c'était bien de le préciser) de la personne qui glisse sur la peau de banane.

Mais bon, déjà, je pense que la peau d'orange, ça glisse moins bien. Ben oui, mais c'est important. Si on ne fait que déraper un peu, on perd la chute du gag… la chute…

Et puis imagine que ce soit une femme qui glisse. Tu sais comment sont les gens en ce moment, à voir le mal (et le mâle) partout. Une femme qui glisse sur de la peau d'orange, on va te dire que c'est une vanne sexiste. Ah ben ça, tu ne vas pas y couper (non, je n'ai rien dit sur les eunuques).

Non, pour la couleur, ça pourrait aller. Un orange soutenu c'est quand même pas mal au niveau visuel… Voilà, faut simplement trouver un fruit avec un meilleur coefficient de glisse…

J'AIME PAS

les mocassins.

Même tout petit, je n'aimais déjà pas. Je pourrais sans doute dire que j'en suis désolé pour les potes musiciens qui ont choisi le nom de leur groupe en s'inspirant de ces ustensiles de pieds … mais non, merde, qu'ils assument !

Le mocassin c'est mou et c'est moche.

« Oui, mais c'est confortable… »

Alors ça, c'est typiquement l'argument en bois de ceux qui sont prêts à sacrifier l'esthétique, la classe, l'élégance, le raffinement, la beauté au confort. La beauté c'est essentiel à l'humanité. C'est ce qui inspire les poètes (pas les pseudo-poètes dont il m'arrive de me moquer), les peintres, les musiciens…

Et le confort ? Non, n'essayez même pas de répondre, vous savez que j'ai raison. Le confort c'est un petit sentiment égoïste.

Les pires sont sans doute les mocassins à glands… Rien que le nom déjà…

« Le mocassin à glands, la chaussure des vrais glands de ce monde ! »

Je n'ai jamais vraiment compris d'ailleurs si les mocassins naissaient avec des glands et qu'ils les perdaient à l'adolescence (où à l'âge adulte – je ne suis pas expert dans la reproduction des mocassins) ou s'il y avait, en fait, des mocassins mâles (à glands) et des mocassins femelles (sans glands). Et, très franchement, je ne compte pas approfondir le sujet.

Je me désintéresse totalement des mocassins, au cas où l'ombre d'un doute subsisterait.

Et à ceux qui essaieraient de m'amadouer avec des arguments du genre « Oui, mais Paul Weller – the ModFather – il porte des mocassins », je répondrai ceci :

Tant pis pour lui !! J'espère, qu'au moins, il n'en est pas fier !

J'AIME PAS

les gens qui veulent que tu enlèves tes chaussures quand tu entres dans leur maison.

Pourquoi ? Pour mieux me transmettre toutes leurs mycoses des pieds ? Ben oui, quoi, quand tu marches sans chaussures sur ton parquet, toutes les maladies qui se promènent entre tes doigts de pieds elles se répandent dans toute la maison, elles colonisent les lattes, elles incrustent la moquette. Et tu veux m'en faire profiter pleinement sans que je sois protégé par mes chaussures ?

De toute façon, c'est bien simple, les gens qui se précipitent pour ôter leurs souliers dès qu'ils rentrent chez eux, c'est essentiellement parce qu'ils suent des pieds... et donc, soyons clairs, parce qu'ils puent des pieds. Ils devraient déjà être contents que je vienne chez eux malgré l'odeur.

« Non, mais c'est pas pour ça, c'est une coutume... »

Quoi, tu veux dire comme les Norvégiens, les Suédois et tous ceux qui habitent au-dessus de Lyon ? Non mais là, il y a une vraie raison. C'est à cause de la neige ! Ils ont tous vingt centimètres de neige tassée sous les chaussures et elle fond quand ils rentrent à la maison. Et ça dégueulasse le parquet. Ça, je peux comprendre, là d'accord...

D'ailleurs tu sais, on croit que les nordiques sont grands mais en fait c'est parce qu'ils sont en permanence juchés sur une couche de glace pilée sous leurs chaussures...

« Non, mais je voulais dire que c'est traditionnel, religieux et qu'on doit s'adapter... »

Ah oui, mais là non… C'est celui qui dit qui est… Parce que tu vois, ici, la tradition ce n'est pas d'enlever ses chaussures et tu ne peux pas utiliser certains arguments uniquement quand ça t'arrange… ça c'est trop facile. Je ne respecte pas ta tradition mais tu dois respecter la mienne ? J'aime pas les traditions !

PS : j'ai volontairement laissé de côté les maniaques du nettoyage qui veulent que tu mettes des patins et te suivent à la trace avec un chiffon… Non, je ne vais pas chez eux… Ou alors pour leur présenter un psy…

Même si… j'aime pas les psys !

J'AIME PAS

Le cancer.

Non, je sais bien que je ne suis pas le seul ; je ne cherche pas l'originalité à tout prix.

En fait, je n'aime rien dans le cancer : ni le diagnostic, ni la maladie, ni les traitements, ni la communication mendiante.

« Donnez pour la Recherche… s'il vous plaiiiiiit… ». C'est une maladie roumaine ?

Post Scriptum intempestif : je n'accepte plus les réclamations sur le politiquement correct. Vous pouvez toujours en faire… je n'en tiendrai pas compte… un peu comme quand vous votez pour les élections.

Le cancer c'est la seule maladie où on te laisse le choix :

« Vous préférez mourir dans six mois en souffrant pendant les trois derniers mois – mais on va quand même limiter les dégâts à coup d'antidouleurs puisque, de toute façon, c'est sans espoir… vous allez crever…

Ou alors vous préférez mourir dans trois ans en souffrant tous les jours à cause du traitement ? Non, les antidouleurs on va éviter parce que ça gêne le traitement… non, le traitement ne va pas vous guérir…. Il va juste vous permettre de souffrir plus longtemps…. Ah ben, j'ai parlé de choix… Je n'ai pas dit qu'il y en avait un bon et un mauvais… »

Non, j'aime pas le cancer… mais faudra bien que j'en meure. Par tradition, pourrait-on dire.

Ça ne saute pas forcément aux yeux de prime abord... mais je suis foncièrement attaché aux traditions (contrairement à ce que j'ai dit deux pages plus haut – mais je mentais peut-être). A certaines...

Tiens, petite précision non dénuée d'intérêt : le cancer est le seul signe zodiacal dont on peut mourir directement. Je ne dis pas que c'est impossible pour les autres... mais bon... tu peux être encorné par un taureau, étouffé par une arête de poisson, être « balancé » du haut d'un pont, bouffé par un lion, piqué par un scorpion... mais c'est quand même moins fréquent.

J'AIME PAS

les escalators qui tombent en panne.

Rappelez-moi, quand est-ce qu'on installe un escalator ? Quand c'est trop fatiguant de monter à pied ! Ou pour que les personnes « à mobilité réduite » puissent atteindre des étages… ou juste sortir du métro, par exemple.

Un escalator en panne, c'est un handicapé qu'on maltraite. Et c'est cruel. Moi, je crois qu'il ne faut pas installer d'escalator si l'on n'est pas capable d'assurer le risque zéro.

Parce qu'une « gourmande » (c'est un terme à la mode dans les émissions de cuisine-réalité) de 130 kilos (c'est bon, je sais, ce n'est pas forcément parce qu'elle est incapable de passer devant une pâtisserie sans acheter la vitrine – ça peut aussi être une maladie) qui sait qu'il y a 325 marches d'escaliers, ne va pas opter pour le déplacement en métro… un grincheux en fauteuil roulant ne va pas se la jouer Potemkine pour attraper la ligne 2… Quand tu ne peux pas, tu râles… mais tu sais que ça ne sert à rien d'essayer.

Mais quand on te fait miroiter l'espoir (légitime, je veux bien – ce n'est pas le sujet) …

Il fait quoi « l'inspecteur Dacier » en cas d'incident technique ? Il dort là ou bien on envoie chercher des culturistes d'urgence ?

« Mes braves, vous serez bien aimables de tendre vos bras façon chaise à porteur pour me hisser au sommet de cet Himalaya de béton afin que je retrouve la lumière du jour. »

Non, faut arrêter de faire des escalators et à travers.

J'AIME PAS

les gens qui déplacent ta valise dans le train pour mettre la leur à sa place, parce qu'elle rentre bien à cet endroit. Déjà ils ont fait chier tout le wagon parce qu'elle ne passe pas dans le couloir, leur putain de valise, qu'elle est trop lourde pour leurs petits bras et qu'ils bloquent tous ceux qui voudraient bien gagner leur place.

C'est facile après tout. Je pousse les autres et je m'y mets. « Oui mais vous comprenez c'est parce qu'elle est large (ou haute, ou longue… rayez les mentions inutiles) et qu'elle ne rentre que là. ».

Alors et d'une, c'est ton problème et pas le mien. Si tu veux être sûr de pouvoir placer idéalement ta maison à roulettes tu fais l'effort d'arriver avant pour être la première personne qui va pouvoir ranger sa valise. Parce qu'il se trouve que c'est ce qu'ont fait les autres : ils sont arrivés plus tôt pour être certains de ne pas galérer avec leurs bagages.

Et de deux, tu as une voiture ?

- Oui pourquoi ?

- Parce que la mienne (de voiture) est plus grosse que la tienne alors je vais pousser ta voiture sur le côté pour pouvoir garer la mienne. Ça te semble normal, bien, respectueux ?

En fait, si l'on y réfléchit un peu, j'aime pas… les comportements égoïstes cachés sous une apparence d'empathie, d'entraide, de partage, de solidarité.

J'AIME PAS

les gens qui n'aiment pas les grèves. Je peux concevoir qu'on n'aime pas les grévistes car il faut bien reconnaitre qu'il y a dans le lot, un sacré paquet de branleurs, de feignasses, de crétins crédules, de connards sectaires et d'idiots congénitaux… mais si l'on y réfléchit bien (et je vous conseille de le faire), pas plus que dans une réunion du MERDEF ou dans un stage de « cohésion-accro-branche-cuisinecréative » d'une start-up de la « silly-conne » valley (ou son équivalent local parisien).

- « Ouais mais les grèves ça fout le bordel et ça m'empêche de faire ce que j'avais prévu ! »

Ben, un peu mon neveu ! C'est même grâce à ça que, parfois, elles ont permis d'obtenir des « avantages (je préfère dire des acquis légitimes) » qui profitent à la société tout entière.

Même à ces salopards de non-grévistes !

Eux non plus d'ailleurs, je les aime pas. Juste une bande de profiteurs qui ne veulent pas prendre de risques mais ne refuseront jamais l'augmentation, la prime ou les compensations obtenues.

Rendez les congés payés ! Rendez les sous.

Sale race de faux-culs !

J'AIME PAS

que les gens qui voyagent dans le temps ne pensent jamais à jouer à l'Euromillions.

Comment ça personne ne voyage dans le temps ?

Ben, tu sais quoi ? On en reparlera quand j'aurai gagné à l'Euromillions. Voilà, et là, on verra qui c'est qui avait raison. Non mais, j'y crois pas ! C'est carrément n'importe quoi !

Les mecs ils croient en Dieu, ils croient au marché, ils croient à l'honnêteté des politiciens, à la grandeur d'âme des entrepreneurs, à des choses que, même pas j'en parle tellement c'est risible, pitoyable, intellectuellement indécent… au mépris de toutes les évidences… Et là ?

De toute façon ça ne sert strictement à rien que j'argumente pendant des heures, vu que vous êtes tous d'une mauvaise foi totale et confondante. Et M. Spock non plus, il n'existe pas, c'est ça ?

Non mais c'est bon, on va arrêter sur ce sujet. J'ai juste une chose à dire et après on n'en parle plus… mais quand même, quoi… Quel con ce Marty Mc Fly !!

J'AIME PAS

2023 !

Vous allez me dire, mais comment peux-tu dire ça alors que l'année n'est pas finie ? Si ça se trouve il va se passer plein de trucs super bien : Macron va s'étouffer avec un pain au chocolat (ou une chocolatine – le bretzel étant déjà pris), Line Renaud va… non, pas Line Renaud après on va dire que je ne suis pas gentil… Michel Drucker ?

On va abolir le 49.3… On va… on va… on va gagner la Coupe du Monde, voilà, c'est bien ça… Ah mais non, ça c'était en 2022 et on a perdu (et en plus je m'en fous)… on va… je ne sais pas, moi… des trucs, quoi !

En fait, au moment où je l'écris, l'année n'est même pas commencée.

Mais j'ai une grande imagination et une mauvaise foi sans borne (quand c'est nécessaire) et, grâce à un savant mélange des deux (c'est comme pour la pâtisserie, les proportions sont importantes et rigoureuses) ça devient une évidence : 2023 est une année de merde et, avec le sens de la logique qui me caractérise et que je revendique haut et fort (et non pas haut de forme – je précise parce que beaucoup de gens répète des expressions qu'ils croient avoir entendues et… bref, vous m'avez compris)…

Ben, j'aime pas 2023 !!

J'AIME PAS

qu'on croit que tous mes « j'aime pas » sont réels. Parce que si c'était vraiment le cas on pourrait se dire que je suis quand même assez gravement atteint.

D'un autre côté, ai-je vraiment assez d'imagination pour tout inventer ? Est-ce que tous mes « j'aime pas » sont faux ?

Comme c'est Gromanche*, je vais en profiter pour confesser tous mes vrais « j'aime pas » que vous connaissez peut-être et qui, inévitablement, m'amèneraient à rabâcher des choses que j'ai dites cent fois, histoire de ne plus être tenté et d'en être débarrassé.

PS : à l'origine ce « j'aime pas » a été écrit un « Gromanche d'Oût », ce serait donc sympa de respecter cela et de reprendre cette lecture le Gromanche à venir. Sinon, le sens général demeure le même les autres jours, donc… ce n'est pas bien grave.

J'aime pas les djembés, j'aime pas les claquettes-chaussettes, j'aime pas les rappeurs, j'aime pas l'auto-tune, j'aime pas l'écriture inclusive, j'aime pas les quotas, j'aime pas la discrimination positive, j'aime pas quand les DJs se prennent pour des musiciens, j'aime pas les endives au jambon, j'aime pas les coquillages (j'en mangerai – juste pour l'iode – quand la centrale nucléaire russo-ukrainienne explosera), j'aime pas la mode sportswear, j'aime pas le Friday wear (costume/chaussures de sport), j'aime pas les belles personnes, j'aime pas les sandales (pour l'ensemble de leur œuvre), j'aime pas les religieux, j'aime pas les croyants, j'aime pas les pervers manipulateurs (et j'ai plein de noms), j'aime les gens qui veulent que tu devines alors qu'il serait si simple de te dire, j'aime pas qu'on dise que le yéyé c'est du rock, j'aime pas la soupe au choux, j'aime pas Bobo Vegan et son orchestre, j'aime pas les fêtes foraines, j'aime pas les punks à chats, j'aime pas les arrivistes, j'aime pas les terroristes, j'aime pas les Macronissstes, j'aime pas les Socialissstes, j'aime pas les Communissstes…

« Putain, putain, c'est vachement bien, on est quand même tous des Européens… »

J'aime pas les Européens !!!!

J'AIME PAS

tes amis.

Ben non, c'est comme ça. On ne peut pas aimer tout le monde. De toute façon ils ne sont pas très intéressants, même s'ils sont persuadés de l'être ou même si tu veux te persuader qu'ils le sont… ni très amusants… non pipi/caca, ce n'est pas de l'humour, c'est juste un signe d'immaturité.

Et puis ils sont d'une prétention… alors que, bon… vraiment pas de quoi… des caricatures bobo qui se pensent intelligentes. Je sais bien que c'est de plus en plus fréquent, on ne croise plus que ça…. Mais, je devrais m'adapter à ça ? Désolé, mais non.

En plus, ce ne sont pas vraiment des amis. Sinon, ils arrêteraient de dire « amen » chaque fois que tu parles et essaieraient, au moins, de te dire quand tu as tort, quand tu te trompes, quand tu fais une connerie… Les amis font ça… Les miens le font. Et tant mieux.

Mais non. Ils sont avec les « amis » comme ils sont avec les enfants… « Vous comprenez, il faut les laisser libre, ne pas les empêcher de suivre leurs décisions » … Et le mur droit devant, tu ne le vois pas ???

Non vraiment, j'aime pas tes amis. Si c'était des gens bien ce serait les miens… mais tu vois, ce n'est pas le cas…

J'AIME PAS

qu'on m'aime.

Ni pour mes qualités ni pour mes défauts, ni pour ce que je suis, ni pour ce que je ne suis pas, ni pour mon physique, ni pour mon humour (ça vous fait rire, vous ?), ni pour mes talents (réels ou fantasmés), ni pour mes erreurs, ni par conviction, ni par habitude, ni pour me faire plaisir, ni pour se rassurer.

Ni pour ma douceur, ni pour ma dureté, ni pour ma tendresse, ni pour ma froideur, ni pour ma franchise, ni pour le mal qu'elle peut faire, ni pour ce que je dis, ni pour ce que je pense, ni pour ce que je crois, ni parce que je n'y crois pas vraiment, ni pour ce que je pourrais dire, ni pour ce que j'aurais dû faire.

Vous voulez m'aimer ? Aimez-moi pour mon argent !

Je n'en ai pas, comme ça, au moins, c'est réglé !